ログアウト

足立絵莉

ログアウト

装画　増田　実
装丁　依田正樹

一

私は春が好きだ。毎年この季節になると、同じ歩道を散歩しながら、同じ洋楽をイヤホンで聴いている。日本語に訳すと、確か、

「あなたのためにだったら何にでもなれる」

というような歌詞だったと思うけれど、正しくは分からない。まだ英語の知識に乏しい私は、滑らかで心地よく流れる英語の発音と寂しげな歌声に聞き入り、歩道に植えられているソメイヨシノを見上げて、また春がやって来たなとしみじみ思うのだ。

二

思い出した。中学校の入学式の日に、私のクラス担任の女性教師が、伊予新聞の「若者たちの声」に投稿することを熱心に勧めていた。

「地元密着型の新聞だから、子どもたちの疑問や要望をしっかりと拾い上げてくれるの。ペンネームで投稿できるから、家族にも言えない相談ごとがある時や、誰かに気持ちを聞いてもらいたい時に利用するといいよ。詩でも絵でもいいのよ。先生が子どもの頃からあったから、昔は投稿してたんだ」と懐かしがりながら熱弁していた。

《私は卓球部員でした。四月の投稿なのにもう退部報告です。卓球部に入部直後、練習に必要なラケットとラバー、練習着は顧問に言われるがままに注文して、お金も支払ってしまいました。母はあきれ顔をしていますが、内心怒っているかもしれません。もう要らなくなった用具類をしょうがなく取りに行くにしても、顧問にどんな顔をして取りに行けばいいのか分かりません。

部活では、同じ学年なのに、入部一週間ですでに上下関係ができていました。

「Aさんに逆らうと、あの人はB先輩と仲がいいからヤバイよ」

「CさんはD先輩に手紙を書いて気に入られてるらしい」

部室ではそんな声が聞こえるばかりでした。卓球の話題など皆無に等しく、先輩や同級生の噂話ばかりでうんざりしていました。私は口下手で人と接するのは苦手です。人とうまく付き合っていく方法が分からず、部活という小さな社会から早々にフェードアウトしました。今は熱中できることを探しています。

投稿者レイン》

熱中できることがすでに見つかっていた私の投稿が初めて掲載されたのは、祖母の遺したクンシランが自信満々に明るいオレンジの花をぱっと広げて咲いた、中学一年の四月下旬のことだった。その頃私は、オンラインゲームを夜中にプレイすることに熱中していた。無課金でプレイするのに限界を感じ、三千円の小遣いの中から千五百円を使って、学校帰りに課金用のプリペイドカードをコンビニで買った。初めて買うのでレジの時にドキドキしてべったりとした手汗が出たが、無事にコンビニを出た瞬間、少し大人になった気分がして、「無駄遣いだけは駄目だよ、何か有効なことに使いなさい」と耳の中に残る父の声をはね退けた。

クンシランの花言葉、誠実。

少し厚く大きめの深い緑の葉を持ち、しんの強そうな花茎の上にはラッパのような花を多方向に咲かせている。それは玄関の内側に居座って家の中の様子をいろんな方向からうかがっているようだ。花言葉を知ってから、植木鉢の前を通るたびに、なんだか「あなたは不誠実」だと忠告されているような気がしてならない。

「ねえ、いつも遅くまで電気がついてるけど、夜中まで何やってるの？　お母さんが気づいて心配してたよ」

プリペイドカードを制服の上着の内ポケットに隠して部屋に戻ろうとしたら、玄関の上がりかまちのところで姉が興味津々に聞いてきた。

「ドリームトリップっていうゲーム。自分でルートを決めて、世界中に散らばったチェックポイントに立ち寄りながら世界一周旅行していくんだ。最近、よくコマーシャルやってるでしょ。まだ始めたばかりだから分からないことも多いんだけどね。今のところはすごく面白いよ」

「寝る間を惜しむほどゲームしたことないからなぁ。ネット上で頑張ったって、後に何も残らないのに何がそんなに楽しいの？」

「オンライン通信だと、世界中の人とチャットしながら旅ができるし」

「あんた、英語できないくせに。学校で習ってるのってアイハブアペンくらいでしょ」

「英語で話しかけられた時は、翻訳アプリを急いで起動させて会話してる。でも、いつかはアプリなしで会話ができるようになりたいなと最近思うようになった」

自慢げに語ってみたが、姉は興味が湧かない様子だ。

「それって課金しなくて最後までできるの？」

「ゲームを進めてたらいろんな場所でポイントをもらえて、船や飛行機に乗る時に代金として使えるんだ。だから課金はしなくていいの。ポイントが足りない時は、滞在先の飲食店や土産物屋なんかでアルバイトをして貯められるようになってるし。急ぎたい人は課金してポイントを買えばいいけど、私は地道にやるから課金の必要はないよ」

課金についてうまく答えられていたかは分からないが、姉は私の話をあまり信用していないようだった。当然といえば当然だ。

「本当に課金なしでできるの？　ああいうのって、結局はお金払いたくなってしまうように作られてるんでしょ。だから私はやらないようにしてる。途中までやったところで課金しないと先に進めなくなったら嫌だもん」

「たぶん、そういうことはないと思うけどね」

「まあ、最後までやって、本当によかったら教えてよね、お金がかかったりつまらなかったりしたらやらないから」

姉は昔から計算高いのか、賢いのか、新しいものには飛びつかない。

「あと、経験値がランキングになって載ってるの。アルバイトをどれだけやったかとか、移動距離とかの総合評価で、私はまだまだ下位だけどね。これ見てよ」

私はゲームの画面を開いてランキング表の自分の位置を見せた。姉は全く興味がないのか、それとも説明がうまく伝わっていないのか、「それの何がそんなに面白いのかね」と、まるで母みたいなことを私に聞こえるように呟いて首を傾げた。

ゲームの中の私はいま、オーストラリア一周を楽しんでいる。横浜港をクルーズ船の二等船室で出発してから最初に台北に立ち寄った後、セブ島やバリ島に短期間滞在してからは、経験値の貯まるチェックポイントに寄りつつ南下している。オーストラリアのパースに着いてからはゆったりと時間をかけてゲーム内の世界を歩いてまわりはじめた。

「ゲームをやりながら、地名や地形も、特産品や世界遺産も覚えられるんだよ。その点は、オススメするよ。学校の社会の授業と違って、覚えるのが楽しいから」

「ふーん、そうなんだ」

熱弁する私をよそに、姉は興味のない返事を繰り返した。


伊予新聞への投稿から二週間後、学校から帰ると玄関ポストに新聞社から私宛てに手紙が届いていた。丁寧に筆ペンのようなもので宛名書きされた茶封筒の中には、投稿のお礼の文書が一枚と、掲載料として千円分の図書カードが入っていた。投稿ってお金がもらえるんだ、ちょっと驚いた。

その晩、皿洗いをしている母の横にそっと並んで立ち、少しかしこまりながら、図書カードと千円札を交換してもらえないか頼んでみた。今日の母は、十六年前に庭に植えたアツバキミガヨランに花序が出てきたので朝から上機嫌だ。

「何に使うの？　参考書か問題集を買えばいいじゃない」

悪いことをしていないのに、正直に課金と言うには気が引けた。文房具や学校で使うものとか有効なことに使うからと粘ると、水で濡れた手をタオルで拭ってから、買い物用の籠バッグに入れてある黄色い財布を取り出し、千円札に交換してくれた。

「図書カードなんかどこで手に入れたか知らないけど、お金は無駄遣いしたら駄目よ。この財布だってなかなか肥えないんだから。でも、あれに花がつくってことはいいことの前触れよね、たぶん」

そう言う母は、財布に刺繍された二羽のフクロウを撫でながら笑みを浮かべている。

これでまた課金ができる。どんどん投稿して図書カードをもらおう。にやけた顔になるのを我慢しながら階段を上り、二階に上がってすぐの右側にある自分の部屋に戻ってベッドにダイブした。ギシッとベッドは音をたて、三週間ほど前から干していない掛け布団と枕カバーからは汗のにおいがぷんとした。空気を入れ替えるために、枕元まで吊り下がっている黄緑色の地味なカーテンをめくり窓を開けると、晩春の風が向かいの公園の葉桜をさらさら揺らし、ぬるい夜をゆったりと進んでいった。

アツバキミガヨランの花言葉、颯爽。

蘭という文字が花の名前に入っているものの、上品とは思えないくらい豪快に咲く花は、自己主張がとても強い。爽やかさのない棘のような葉先も主張が強すぎて、時々水やりをする私の腕をぶすりと突き刺してくる。しまいには私の心までちくっと、否、ぐさっと突き刺してきそうだ。

三

《私は、人とコミュニケーションをとることが苦手です。目を合わせると緊張して言葉が出てきません。そのため、友だちはあまりいません。作ってこなかったと言ったほうが正しいです。でも、ネット上なら顔を合わせないので視線が気にならず、文字と文字だけの会話なら問題なくできます。

先日、オンラインゲームで知り合った中学生とチャットをしました。私と同じく、人間関係を築くのに苦労しているようでした。

「ちょっと聞いてよ、見ていないドラマを見ているふりをしてしまったから、話を合わせるためにネットであらすじを調べたよ。もう、タイヘン。どう思う?」

「私も似たような経験あるよ。でも、私は正直に見てないと言うかもね。友だちと付き合うのって気力と努力が要るね。面倒だと思う時もあるよ」
「ホント、嫌われないための必死の友だち作りって何なんだろ。疲れるよ、必要なのかな？」

私は返答に困りました。私は全ての人に嫌われないための努力を元からしなかったため、何のアドバイスもできないのです。複雑になりそうな人間関係を察して部活をすぐに辞めたくらいです。これは逃げなのでしょうか？　それともアリなのでしょうか？

投稿者レイン》

二度目の投稿も採用された。そして、二枚目の図書カードを手に入れた。今度は父に千円札と交換してもらった。小遣いをくれる時と同じく「無駄遣いだけは駄目だよ」の声の一部は心に留めたけれど、それのほとんどを聞き流し、またそのお金を使ってプリペイドカードを買った。しかし、課金して満足する一方で、私の投稿した内容について紙面では議論が交わされ始めた。伊予新聞「ネット版若者たちの声」にアクセスしてみると、「投稿者レインの性格について語ろう」とか「投稿者レインの正体を特定する」などのスレッドがいくつも立ち、紙面以外でもコメント数がどんどん伸びていた。図書カード狙いの少し安易な投稿だったかもしれないと後悔したが、遅かった。匿名で意見を言う、或いは言われることの怖さを初めて知った。

「友だち作ってこなかったとか綺麗事並べて、それは言い訳だと思う」

「単に、友だちができなかったんでしょ」

「確かにレインさんは、考えが甘いです。逃げているだけではないでしょうか？　だれでも友だち作りは緊張するものです」

「今この現実を生きているんだから、ネットばかりでなく、現実を見たほうがいいと思う」

「人間関係を築く勉強をするところが中学校なんじゃないですか？　拒否するばかりだと大人になってから苦労しますよ」

「実は自分のクラスにレインがいたりして」

「ネットで話せるなら、学校でもうまく話せると思います」

「ネットに依存しすぎ」

「話を合わせるための努力はいつか報われるはず」

「かまってちゃんの文章、ウケる」

「全ての人に好かれようと思うのは、無理な気がします。まずは、何でも自然に話せる人を一人作ればいいと思います。親友とかグループ作りはその次だと思います」

「こういう人って、実際会うと無口で何考えてるのか分からない人が多いんだよね」

私に関する話題が、日に日に騒がしくなっていく。

「レインさんの文章のどの点に問題があると思いますか？」と、私は別人になりすましておそるおそるネット版に書き込みしてみた。

「友人関係を軽んじてヘラヘラ書いていると思います」

「友だちいない自慢の文章が鼻につきます。特にあの会話の内容はイラッとしました」

「コミュニケーションが苦手な割におしゃべりな文章で、本当に悩んでいるのか疑問を感じます」

と連続してレスポンスがあった。

「納得しました。確かにそうですよね。返答ありがとです」と厳しい意見に同意するようなことを書き込んだ。私はこのレスポンスをもらうまで、友だち作りのことを悩む以前に自分のことさえ分かっていなかったんだと少し反省した。何が文字と文字だけなら大丈夫なんだと自分の軽さに苛立った。ネット版に集まる人が中学生とは限らない。どこに住んでいるかも、何歳かも、性別も分からない。そんな中で自分だけが責められているような、でも、少なからず応援してくれている人もいるわけで、なんだか難しいことになってしまったなと思いながら画面をリロードした。すぐ後にもレスポンスの言葉が次々に更新されていく。

「面と向かって喋っていれば互いに表情やしぐさを見て気を使うから、思ったことを言うのを躊躇うことだってあるかもしれないじゃないですか?」

「そうですよね」

「投稿欄のような場所では、よく考えてものを書かないと、発言が、自分が思うよりきつい言葉に聞こえたり、小馬鹿にしているように思わせたり、違う意味や意見に受け取られてしまうことがあるかもしれないことに気づいていないんじゃないかと思うんですよね、レインさんという人は。この人の言いたいことはなんとなくは分かるんですけどね。言葉が軽いんですよ、一言で言えば」

「文字だけのやりとりはなかなか難しいですよね。ご意見、参考になりました、ありがとうございます」

と書き込みをして逃げるようにブラウザを閉じた。図書カードをもらうことばかりを狙ってヘラヘラと投稿した自分は、馬鹿だと思った。言葉は難しい。楽しく優しい時もあるけれど、今はどの言葉も怖くて苦しい。

編集者がこの話題を取り上げなくなれば騒ぎは自然消滅するだろう。でも、よほど意見が集まっていたのだろうか、新聞の投稿欄にこの話題がない日はなかった。もしかすると編集部にはもっと厳しい意見が届いているのかもしれない。たまに応援してくれる投稿もあるけれど、私に対しての厳しい意見は、言われるたびに私の心をかき乱した。日を追うごとに新聞の独特なにおいや、ページをパラっとめくる乾いた音が嫌になってくる。ため息とも深呼吸ともとれる大きな息を吸ったり吐いたりしながら眺めた庭の入り口には、私が生まれた頃に植えたという二鉢のアマリリスの蕾がやわらかにふわっと膨らみ、静かに咲き始めていた。

《先日、意見をくださった方へ。友だち作りから逃げていると言われても仕方ありません。でも、軽い気持ちで友だち関係を断ち切り逃避しているわけではありません。本当に人間関係を築くのが苦手なのです。どう話していいか分からないのです。目を合わせるのも緊張してできません。話題も何にすればいいのか考えると頭が混乱します。理解に苦しむと思いますが、ネットならチャット仲間がすぐにできるのに、現実に戻り、生身の人を前にすると交友のやり方が分からないのです。

人との関係性なしに生きていけないのは分かっています。ここで私の話を投稿して聞いてもらうことも、そのことに意見をもらうことも、全て人との繋がりだと思います。みなさんの意見を参考に、もっと現実の付き合いを大切にして毎日を過ごしたいと思います。議論をしていただきありがとうございました。また投稿させてくださったらありがたいです。

投稿者レイン》

《投稿欄が過熱していましたが、いろいろな意見を拾い上げ、様子を見ていました。友だち関係を考えるよいきっかけになったのではないでしょうか。

編集者より》

編集者の言葉が添えられ、ようやく三週間以上続いた騒ぎが落ち着いた。自分が引き起こしたことに間違いないけれど、悔しくて、お礼なんか言いたくはなかった。同情する意見が欲しくて、毎日新聞をめくってこの話題の投稿を読んでいたけれど、反対意見がほとんどでそれを見るたびに心がびくついた。でも、誰かが話をうまくまとめてくれないかと少し期待もして待っていた。人が苦手なのに、人に助けてもらうことを待つ矛盾は自分でも気づいていた。

アマリリスの花言葉、誇り・内気・おしゃべり。まるでネット上の私だ。我が家のアマリリスの花は、白と赤の線が互いに譲り合い、バランスを取りながら色をつけているように見える。表面上はうまく話を合わせていても、自分の意見と多数の正論に折り合いをつけられなかった私は、アマリリスの気持ちを分かることができないのだろうか。

そしてまた千円分の図書カードが届いた。投稿三回採用、三千円。今回は辛い投稿だった。もうこれ以上図書カードを両親に換金してもらうのは怪しまれそうだから、今回はそれを新聞社の封筒に戻し、学習机の一番上の引き出しに裏返してそっとしまった。

宿題を済ませてリビングに出て行き、ソファのいつもの場所に座ると、

「あんた、新聞好きよね、毎朝起きてきて必ず読んでるし、それもテレビ欄じゃないし。学校から帰ってからも。何かいいことでも書いてあるの?」

禁止されている夕食前のおやつを堂々と食べながら、活字が苦手で読書も感想文のため

に夏休みくらいしかしない姉が聞いてくる。

「電車で毎日読んでるサラリーマンみたい」

「好きなわけじゃないよ。なんとなく読んでるだけ。新聞に書いてることがたまにテストに出るからお姉ちゃんも読んでおいたほうがいいと思うよ」

社会や政治欄なんて滅多に目を通さないが、一丁前に読んでいるふりをした。

「それよりこんな時間に煎餅なんか食べてたら怒られるよ」

「高校生はお腹すくのよ」

と言う姉からは、「夏の思い出」らしき鼻歌が聞こえた。

夕方のテレビニュースは、五月なのに気温が高くて、「夏日だ、夏日だ」とワイシャツを腕まくりした男性キャスターが騒いでいる。それを聞くまで気温が高いのにも気づかなかった私は、裏起毛のトレーナーをまだ着ていた。振り返ると、姉は薄ピンク色の半袖Tシャツを着ている。もう姉には夏がやって来ていた。

四

課金するお金がなくなったので、ドリームトリップの次の目的地に行くためのポイントを、ゲーム内の喫茶店でアルバイトをして貯めることにした。コーヒーや紅茶を販売した数によってポイントが貯まっていく。ロイヤルコペンハーゲンに統一された器で提供されるおしゃれなメニュー。実世界では足がすくんで入店もできないくらい高貴な空間だ。そんなお店で夜中遅くまでポイントをコツコツ、コツコツと貯め始めた。

「はじめまして、高二のコウサクと言います。コウサクって呼び捨てで呼んでください。ところで、毎日この時間に必ず見かけるけど、なんでゲームなのにそこまで頑張るんですか？　気になって声をかけてみました」

何か嫌なことや皮肉を言われると思って質問の返事をせずに、ニックネームとメッセージの吹き出しがついているアバターの前を無言で通り過ぎようとしたら、またメッセージが入った。

「レインさん、驚かせてしまったかな？　自分はまだこの街にいるから気が向いたら話しかけてね」

じめじめした六月の湿気がまとわりつき、肌がベタつく。指でブスっと突き刺して穴を開けてしまった網戸の向こう側では、私が小さかった頃に比べて聞こえる数の減ったアマガエルの声が、今年も部屋の中まで響いている。

あの新聞投稿の騒ぎの後から、しばらく投稿は遠慮していた。新聞を読むことを忘れる日もあるくらいうんざりしていた。頻繁に投稿しても必ず載るわけでもないことを耳にして、さらに書く気をなくした。載ったとしても気になるのは他人の目と他人からの言葉。考えすぎなんだろうけど、気がつくといつも夜中まであの騒ぎを振り返り、なんとか前向きに捉えようと思い返していた。でも、モヤモヤする気持ちは消えなかった。

このことを先日私に話しかけてきた赤の他人のコウサクにはどう見えるか聞いてみようと思いついた。早速ゲームにログインすると、この前と同じ場所でコウサクのアバターがうろうろしていた。

「この前、話しかけられたのに答えられなくてすみません。覚えていますか？　レインです。こちらも、レインと呼び捨てでお願いします」

「嫌がられてるのかと思った。よかった、話してくれて」

おそらく、こころよく会話に応じてくれている。

「男の人にいきなり話しかけられたから警戒して答えられずに逃げてしまいました」

「そんなに警戒しなくても。目の前に実際にいるわけじゃないのに」

少し嘘まじりに話を始めた。そして新聞投稿の騒ぎについて、ことこまかに説明した。

「あれこれ一方的に話してすみません。でも、聞いてもらえてやっと今日はゆったりとした気持ちで眠れそうです」

「オーバーだね。そんなこと、人生において大したことないよ。後でそう思う日が来るよ。投稿は別にやめなくても、これからは今よりもっと言葉に気をつけて投稿したらいいんじゃない？　でも、もっと違う話題、例えばこんな楽しいことがあったとか、新しい発見をしたとかを書いてみたら？　投稿するにしても人間関係の悩みばかりダラダラ書かれると読むほうが疲れるよ」

返す言葉がなかった。コウサクの言うことは正しいと思った。コウサクの言葉が頭の中に残り、いつも持ち歩いているシステム手帳を開いて、今日の日付のところに「そんなこと、人生において大したことない」と赤いペンで大きく書き残した。

「そうだよね、としか言いようがないよ。あと、初対面なのにこんな話をすること謝るよ。あと、この前聞かれたことに答えてないよね。えっと、ゲームなのになぜそこまで頑張るのかって聞いてきたよね。実は、一番になりたいから？　目立ちたいから？　楽しいならなぜ先へ先へ進もうとしてその場を満喫しないの？　と考えてみたけど、自分に当てはまる答えは見つからなかったんだ。聞かれたからちゃんと考えたんだよ。確かに始めた時は経験値のランキングの上位を目指そうとしてた。がむしゃらにポイント貯めて、他人よりどんどん前に進んで、現実世界よりもゲームのほうが思い通りで順風満帆に進んでいることに自己満足してたのかもしれない。でも、なんか違う気がするから、また考えておくよ」

「そんなに深く考えなくていいよ。こっちこそ変なこと聞いてゴメン」

会話を終えて、ログアウトして目をつぶった。瞼の裏にあの新聞の紙面の文字が浮かんできた。毎日目にした少し厳しい意見を思い出し、止めようとするのにぽたりぽたりと涙が出てきた。確かにコウサクが言うように投稿について誰も間違った意見は言っていない。ただ、私の話をウンウンと頷いて聞いてくれる人が一人でもいてほしかっただけだったのに。まさかこんなに話が広がってしまうとは思ってもみなかった。コウサクに話したのも、あなたは間違ってないと言ってほしかったからだと自分でも分かっていた。ゲームの中の私も現実の私も相手から言われることは同じだった。自分が変わらなければどこへ行ったって自分を正当化ばかりして失敗する。結局、同じじゃないか。

それから眠ってしまうまでの一時間以上、人間関係についてぐるぐると考えて、深夜一時の時計の針を見て以降、いつの間にか朝まで眠ってしまっていた。


翌日、ゲームから離れて一休みしようと思ったけれど、コウサクとまた話の続きをしたくなり夜になってログインしてみた。コウサクのいそうな喫茶店に何軒か入ったり、その周囲をウロウロと歩いたりした。そして、港のバス停辺りを歩く人の中にコウサクのアバターを見つけた。

「昨日、まともに答えられてなかったよね。またあのあと、なんでゲームを頑張るのか考えてみたんだ。やっぱり自分でもはっきりとは分からない。ゲームを始めた頃は本当に経験値で一番になりたかった。でも上には上がいるし、今はそこまで思わなくなってる。あえて言うならいつの間にかゲームの中で自分の居場所や心地よい人間関係を築ける場所を探しているんだと思う。でもまだ見つからない。だって、みんな出会ってもすぐに違う国に向けて前に進んでいくんだから。コウサクみたいに同じ時間、同じ場所に立ち止まる人ってあまりいないし。でも、話しかけられたら私らしい会話ができるように頑張るようにしたいと思う。ゲームなら世界中いろんな場所に行けるし、プレイヤーにはいろんな人がいるでしょ。一度しか会わない人ばかりだけど、あの人は今どこで何やってるだろうかと思い返してもらえるような人になりたいなと思うの。コウサクもその一人かな。一方的に旅友だちだと思ってたらゴメンだけど。居心地がいい場所が見つかったら、同じ場所で休憩するかもしれないね、コウサクみたいに」

「へー。アルバイトばかりしてるから、意地になって一番になりたいのかと思えば、そんなこと考えてプレイしてるんだ」

「いや、ここ二日かけて考えた結果がこれだから、必死になってポイント貯めてた理由は自分でもよく分からない。前に進むことしか考えてなかったから。立ち止まっていても意外に楽しめるものなんだね」

「じゃあ、そのことをこの前言ってた新聞に投稿してみたらどう？　なんだか楽しそうなのとか、たとえゲームでも頑張ってることは、読む人に伝わるんじゃないかな」

「私からも聞きたいことがあるんだけどいいかな？　なんでコウサクはウロウロするだけでゲームを進めないの？　私と同じ？」

「あ、遅くなったからそろそろ寝るよ」

質問の返事はなかった。聞いてはいけないことを聞いてしまったのかな。

コウサクは、毎日深夜帯にログインしていて、港町の少しレトロなたたずまいの喫茶店でじっと周囲のプレイヤーを見ているのか動きが止まったり、同じ道をウロウロしたりを繰り返したあと、必ず誰かとチャットをしていたが、チャットの相手はいつも違う人だった。知り合いが多いのだろう。この様子だと、経験値やポイントなどは気にしてなさそうだ。声をかけられて以降、気にかけて画面の中のコウサクを見ていると、私こそ、コウサクがなぜそんなことをしているか知りたくなった。

色々なアバターに仮装して仮想現実の街をうろつく人、先を急ぐ人、それを遠巻きに見ている私。その私を見ていたコウサク。仮想のこの街には、たくさんの旅人の目的があふれているようだ。


《私はあるオンラインゲームに熱中しています。画面上ではありますが、ゲームの中では私が行ったことのない国の老若男女のプレイヤーとチャットで話すことができます。時事問題のことも自分の内面のことも新たな発見ができます。だから今は、ゲームの中だけど私らしくいられる場所を探しています。意味のある時間だったと思えるようにプレイしたいと思っています。そのためには、英語力や地理の知識、対人関係をよく築いていく能力も必要なので、少しずつ勉強していきたいと思っています。

先日、同じ場所に滞在し続けるプレイヤーとチャットで何日か続けて話をしました。明るい考えの持ち主で、きっと実生活でも前向きな人なんだろうなと想像できました。なぜ毎日同じ場所にいるのかは聞けませんでしたが、きっと何か目的があるのでしょう。

私もゲームを前に進めることだけに夢中にならず、異文化や言葉の交流を楽しみ、自分を高めていきたいなと思います。

投稿者レイン》

これが掲載された朝、アブラゼミがうるさく鳴き始めた。期末テストが終わり、年中飲んでいるホットミルクをいつもの茶色の大きなマグカップになみなみと注ぎ、ゆったりとした日曜の朝を、リビングの窓際にある黒革の一人掛けソファに座って過ごしていると、庭でメランポジウムに水やりをしていた母が、セミの抜け殻を四つ見つけて小学生のようにはしゃぎながら見せにきた。

メランポジウムの花言葉、元気。

母には満ちあふれて私に足りないもの。大きな花を一輪咲かせるヒマワリと対照的に、小さなヒマワリみたいな形の花を無数に咲かせるメランポジウム。その姿はゲームに群がり熱中する無数のプレイヤーみたいだ。

そしてまた、二週間後の夏休み初日に図書カードが届いた。今は使い道のないそれは二枚のストックとなった。

五

夏休みは、遊ぶ友だちもいないのでドリームトリップに浸っている。これまで毎日夜だけプレイしていたので、昼間の街並みが新鮮に感じる。街頭のあかりが消え、喫茶店には太陽の光が差し込んでいる。今日も喫茶店でポイントを貯める。日中は子どもや女性のアバターが目立つ中に、コウサクの姿もあった。コウサクは実は中学生なのか、本当に高校生なのか、いや、大人なのか？　もしかしたら女性なのか？　知りたかったけど、よい旅友だちの関係を崩したくないから、そこは聞かないでいようと思った。

「こんにちは、コウサク。昼間でもいるんだね。次の目的地はニュージーランドなんだけど、もうポイントは貯まったんだ。でも、私も少しだけこの街にいてみようと思う。と言っても一週間くらいだけ。まだコウサク以外知り合いはいないけど、ちょっと立ち止まってみようと思う。コウサクの邪魔はしないからね」

「何か楽しいことでも発見した？　邪魔とは思わないから何かあったら声かけてもらっていいよ。立派な旅友だちだからね」

「コウサクの次の目的地は？」

「いや、まだ決めてない」

「そうなんだ」

コウサクのことを聞くとまた会話が止まった。なんとなく気まずくなって、いや、私だけがそう思っているんだろうけど、また夜にログインすると告げてその場を去った。

エアコンの効いた涼しい自分の部屋から、砂ぼこりで少しざらざらと汚れた茶色いスリッパを履いてベランダに出た。ジリジリと太陽が照らすアスファルトの上を黒いノラ猫がこちらへすたすた歩いてくる。その猫は私の家の入り口にある錆びた網のフェンスをひょいと越えて庭に入り、夏の象徴のような赤いハイビスカスの根元の小さな影に寝転がり、我が物顔で大きなあくびをした。

赤いハイビスカスの花言葉、勇敢。

植木鉢の底からあふれ出て、地面をがっちりとつかむように根を広げている我が家のハイビスカス。夏の太陽を心地よく浴びるように花は大きく開く。花言葉も知らずにのんびりするこのノラ猫がいちばん勇敢に見えた。

《夏休みが始まりました。宿題は毎年早く済ませています。普段はインドア派なのですが、年に一度、家族とする夏休みのキャンプは毎回楽しみにしています。これは三歳の頃からずっと続いている恒例行事です。姉は、暑いのにわざわざ外で過ごさなくてもいいのにと言い渋々参加していますが、終わってみればいちばん楽しんでいたように見えます。ダッチオーブンで作るキャベツまるごとと鶏肉の蒸し焼きや、段ボール燻製機で作るハムやチーズの燻製、薪で炊くごはんは格別です。この日だけは普段料理をしない父が料理に力を入れます。

昨年利用したキャンプ場は海辺にあり、海水浴や花火を楽しみました。今年もそこに行く予定なのでいい思い出を作りたいです。

投稿者レイン》

という投稿が新聞に載ることはなく猛暑の二週間が過ぎた。初めての不採用。確かに、投稿欄は夏休みの話題満載だ。どこどこへ行ったとか、初めてこんなことをしてみたとか。図書カードへの壁は高い。

六

「テントとタープとシュラフは先に車に載せといて。人が乗ること考えて、お姉ちゃんと協力して荷物積み込んで」

「もう準備するの？　それよりお姉ちゃんは本当に行くの？　いないんだけど。うちに冷房あるのに暑いとこでわざわざ野宿なんかしたくないとか言ってたし」

「いつものことでしょ、誰もいない家に一人でいるのは幽霊出そうで嫌なんだって。あの子も高校生の割に言うことはお子様なんだから」

「今晩はもちろんバーベキューだよね？」

「そりゃ、もちろんよ。食材はお母さんが今から切ってすぐに焼けるようにして持っていくから、お姉ちゃんがいないなら、クーラーボックス以外を今からお父さんと運んでおいて」

キャンプに出かける朝は忙しい。準備を始めると姿を消すのは姉の得意技だ。面倒くさがりの姉はコンビニに出かけたまま帰ってこなくて、たぶん立ち読みなんかをして、準備が終わった頃に帰ってくる。やることもお子様だ。

今回は去年と同じ海辺のキャンプ場に二泊する。キャンプ場に出発する前にドリームトリップにログインした。私はまだコウサクと同じ港街にいる。港のメッセージボードに、「三日ほど現実に戻ってきます。レイン」と書き込んですぐログアウトした。宛名は書かなかったが、もちろんコウサク宛てのメッセージだ。キャンプ場にいる間はネットは繋がず、現実だけを楽しもうと決めていた。普段は時間もなく口数の少ない父とも、何か楽しい話でもできたらいいなと思った。

「あと何回、四人でキャンプできるかな。お父さんの趣味に毎年付き合ってくれてありがとう。実はね、キャンプは結婚前にもお母さんと二人でしてたんだ。将来、子どもを連れて来れたらいいねって。それがプロポーズの言葉のつもりだったんだけど、お母さんはいまだにプロポーズなんかなかった、気がついたら嫁になってたって言うんだ。でも、お父さん、なかなかいい奥さんを選んだでしょ。その点では人生の選択は間違ってないと言い切れるよ。これからいろんなことで、あれかこれかを判断しなきゃいけなくなると思うけど、迷わず自分の思う道に進むんだよ」

「なんか、お父さんとそんなこと話したことなかったから、返事に困る」

「そうだね。ごめん、ごめん。お姉ちゃんに聞くとネットばかりしてるみたいだけど、たまにはお母さんを手伝ってあげてよ、お父さんのだいじな人なんだから」

バーベキューに合うきのこスープを作ると言って、バーナーにセットしたクッカーに固形コンソメをとかしてエノキやシメジやらをほぐして準備する姉。それを黙って見守り、ちょっとだけ手を貸す母。火おこし器で炭火をおこす父に、うちわでひたすらパタパタ扇いで手伝う私。二手に分かれて準備は進む。ここ最近は、父と二人きりになることも、こんな話をすることもなかったから、父からの温かいメッセージは私の心にそっと優しく、じんわりと深く入ってきた。

キャンプ場のテントブースごとにいろんな会話がされているんだろう。ランタンのやわらかな色をした明かりがそれぞれの家族やグループを照らし、楽しそうな影が芝生の上を動いている。テレビもゲームも冷房もないこの場所で、時折、笑い声や拍手が聞こえ、ここら一帯は街なかの雑踏を忘れたかのように自然と人が仲よく調和している瞬間を何度も感じた。

私たち家族四人は、バーベキューコンロとテーブルを囲み、好きな芸能人の話を主に、そのほかは、学校の先生の話などをしながら、賑やかに我が家恒例のバーベキューは進む。飯盒の黒すぎるおこげの部分も、姉の作った濃い目の味のコンソメスープも今年の思い出だ。

バーベキューの後、母と姉が片づけをしてくれるというので、私と父は、車のトランクからオセロを取り出し、静かに駆け引きしながら勝負をし始めた。テントブースの近くで繰り返す潮騒が心地よく耳に入ってくる。テーブルの近くに置いてある焚き火台のぱちぱちと薪が燃える音と、火のゆらゆらした色が、一日の終わりにリラックスした気持ちを引き出してくれた。二勝二敗。父と私の勝負はいつも五分五分だった。父がこっそり手加減してくれていたのかもしれない。

キリのいいところでそろそろ花火やろうよと母はバケツに水を入れ、姉は花火セットを抱え、子どもの姉妹のように目をキラキラさせている。潮の満ち始めている砂浜に左から姉、母、私、父の順に横一列に座った。線香花火を地味に始める私と、手持ち花火を二本持ってくるくる回す姉に、それを見ている父と母。誰が見ても理想的と思われる私たち家族の姿が並ぶ砂浜には、ハマヒルガオのつるがのびていた。

ハマヒルガオの花言葉、絆。

朝顔よりも太いつるは、砂の上でもしっかりと何かをつかもうとしている。家族の絆はがっちりとつるのように巻き付いて、どんなことがあっても切れることはないだろう。

「ただいま帰りました。二泊三日だったのに久しぶりのように感じるね。実は、家族でキャンプに行ってたんだ。お父さんの話を聞いて、しみじみとした夜を過ごしたよ。親の過去の話ってなかなか聞く機会ないでしょ、結構、よかったよ」

「毎晩ゲームして、夏休みは朝からもやって、今後はゲーム廃人になるのかと思ってたら、意外とアウトドアとかやるんだね。それも家族と仲よさそうでなにより」

コウサクが茶化す。そういえばコウサクの家族の話は一度も聞いたことがないなと思ったが、それは聞かないことにした。

「家族とはうまくいってるのよ。でも、家族以外は別。夏休みだからって遊ぶような友だちいないし。やっぱりドリームトリップは居心地いいね、孤独を感じない。基本みんな一人でプレイしてるからかな」

「そうだね、旅のゲームだからみんなすぐに旅立っていなくなっちゃうよね。もうそれに慣れてしまったよ。自分は見送る側ばかりだしね。そうそう、あれから新聞の投稿は続いてる？　ゲームのこと投稿してみた？　反論や炎上なんかを恐れたらダメだよ。自分をおもてに出すいい機会なんだから」

「ゲームを楽しんでることとか書いた時は採用されたけど、家族でキャンプに行くこと書いた時は絶対載ると思ってたのに、載ることはなかった。ボツだった」

「そうなんだ、キャンプのこと書いたら？　って言おうと思ったら、もうすでにボツだったんだね。ドンマイ、ドンマイ、また書けばいいよ」

普通すぎるアドバイスだと文句を言ったら、本も読まないし、自分は文才がないから書き方まであれこれ言うのは無理だと一蹴された。

「次新聞に載ったら報告するね」

「思いつくことがあれば投稿のテーマとかいろいろ考えて提案してあげるよ。じゃあまたね」

まだ同じ港に居続けるコウサク。どれだけ交友関係が広いんだろう。私がフッと画面からいなくなっても気づかないくらいなんだろうな。

盛夏と晩夏の言い方を区別している意味がないほど猛暑日と熱帯夜が続く毎日。冷房の使いすぎを注意され、古い扇風機を回して過ごす真夜中。夏休みが名残惜しくなる八月の最後の週。あと一週間のつもりが夏休み中ずっと長居しすぎた町を離れ、ついにドリームトリップを前に進めることにした。次の目的国は、ニュージーランド。

《先日、両親の結婚する前の話を父から聞きました。その頃から今も変わらない仲のよい夫婦関係は、中学生の私でも憧れます。

父の仕事はサービス業です。毎日たくさんの顧客を相手にコールセンターで対応して疲れていると思いますが、家では疲れたなどと言うことは一度もありません。家族に対しては無口なところはありますが、人生の要所要所で話してくれる言葉には重みがあり、頼れます。母はそこに惹かれたのでしょう。

私が判断に迷った時、こうするべきと決めつけるのではなく、私が自分の道から足を踏み外さないように支えてくれていたことに、いつも後で気づきます。

今度は私が両親を支える番だと思っています。まだ私は働いていないしお金を稼いでいないので、できることは限られますが、身近な手伝いなどをすることから、感謝を伝えようと思います。

投稿者レイン》

《中学生でここまで両親思いなのは立派ですね。今の気持ちを大切にしてくださいね。

編集者より》

編集者のお褒めの声とともに掲載された。自分が書いたことを客観的に読み、今までにしてきたことにハッと息がつまった。もやもやとした罪悪感が湧いてきた。図書カード。

千円札。課金。せっかく働いて稼いできた両親のお金を、使い道を曖昧に言って使ってしまったと後悔したのは、アイビーゼラニウムをハンギングにして植えてみると言いながら、母がその苗を買ってきた日だった。

アイビーゼラニウムの花言葉、真の愛情。

たくさんの愛や想いを示すように、アイビーゼラニウムの赤やピンクの花は、花びらが何枚も重なり、可愛く咲く。恋愛とはまた違う家族の愛情に気づかせてくれた父と母の姿を花に重ねてみた。

七

始業式から一日目。授業は待ちに待ってもいなくて、別に嫌でしょうがないというわけでもない。相変わらずじわりじわりとにじむ暑さの中、運動会の準備も始まった。冷房のない教室は蒸していて、恰幅のいい数学の二十八歳の男性教師は何を思ったのか、私たちに課題を解かせているあいだに、教室のすべての窓と出入り口のドアをレールから外し、これで少しは風が通るだろうと満足げに汗を拭った。その姿を見てさらに暑く感じた。

家に帰ると、先日の投稿の図書カードがポストに届いていた。今回だけは受け取るのに少し気が引けた。これもまたすぐに机の引き出しにしまった。ストックは三枚になった。

ドリームトリップは、無事ニュージーランドのクライストチャーチに到達し、氷河にあるチェックポイントに行くために、またアルバイトでポイントを貯め始めた。プレイヤーのほとんどが日本人のせいか、異国に移動した気分にはならない。画面の右上に表示されている経験値がどんどん増えたことに気づいてやっと実感できた。

「また会いましたね」

見覚えのないアバターのプレイヤーから声をかけられた。短髪で緑色にした髪をツンツンと上に逆立て、サングラスをかけ、髪の毛と同じ緑色のつなぎの服を着ている。でも、名前はコウサクと書かれてある。あのコウサク？　オーストラリアではツーブロックに整えられた黒色の髪に、濃いグレーのスーツを着ていたから、コウサクだと言われてもなかなかしっくりこない。

「姿には見覚えはありませんが、名前は見覚えがあります。本当にあのコウサクですか？」

「そう。ニュージーランドに行くって話してたから、課金して飛行機で先回りしてた」

「なんで？」

「深い理由はないよ、驚かそうと思って。ただそれだけ」

「そのアバターは？」

「それについては驚かそうとは思ってない。新しい土地だから、気分を新たに別の姿になってみただけ。ネット上だけだよ、そんなことできるの。ずっと一緒じゃつまらないから、季節感とか土地の感じとか出してやってみなよ、違う自分になれた気がして気持ちがいいよ」

コウサクの服装に季節感など全くないように思えたがそれは言わないことにした。淡々と話す様子から、あのコウサクには間違いないだろうが、アバターのイメージが違いすぎて話すのに戸惑った。

「他の人に対してもそんなことして驚かしたりしてるの？」

「全員ではないけどね。あ、からかってるわけじゃないよ。ゲームなんだから楽しまないと、ね？　じゃ、また」

言うことだけ言ってコウサクはクライストチャーチの町に歩いて消えていった。

コウサクの行動に謎を感じながらゲームを一旦止め、テーブルの上にある今日の新聞の投稿欄を読んだ。

《運動会の日が近づいています。でも、やる気のある人とない人の差がひどくて困っています。後者は何をするにも面倒くさいとしか言いません。こういうイベントは今しかできないのです。せっかくの楽しい機会をつまらないものにされそうです。

私は走るのが遅いのでリレーには出ませんが応援はいつも一生懸命しています。ダンスも頑張って覚えています。クラス委員長でもない私は、そういうやる気の違いを見てイライラしているだけです。一致団結するにはどうしたらいいと思いますか？

投稿者ヒマリ》

ヒマリさんも大変だな。でもみんな運動会が好きなわけじゃないんだよね。また議論が活発になりそうだな。記事を読んで一人でぼそぼそつぶやいた。私は人間関係をうまく作れなくなってからは、一致団結とか友情の芽生えとか、そんなこと、いつの間にか考えなくなっていた。この話題について私の思うことを投稿してみようと思ったけれど、やっぱりあれこれ横から言わずに静かに見守ってみようと思った。

残暑続く九月、郵便物を取るために玄関のドアをあけると、人間はまだ夏が続いているように感じていても、ドアの横にあるミセバヤはしっかりとカレンダー通りに今年も花がつき始め、植物にはもうそこまで秋が来ているんだと感じさせられた。


ミセバヤの花言葉、平穏・静穏・大切なあなた。

たんぽぽの綿毛をピンク色にしたような花をつけるミセバヤ。紅葉だってする。静かに季節を伝える姿は投稿を静観する今の私のようだ。


「コウサクって、運動会は気合入るほう？」

「一応、まじめに参加はしてたよ。何か一番になれるっていったら運動くらいしかなかったからね」

過去形？　ということは、コウサクはすでに運動会が終わっているのかな。高校二年生だと言っていたけれど私の住む地域の高校ではまだ運動会はやってないはず。住んでいる地域が違うからかな。もしかして学生ではなかったりして？　これまで会話した文章からは中学生でもなさそうだから高校生で間違いはないか、などと勝手にコウサクの年齢に少し違和感を感じて思い返してみたけれど、知らないふりをして会話を続けた。

「私は走るの遅いから、運動会は好きでも嫌いでもなくて、リレーには出たことないし、かけっこ的なやつで三番とかしかならなくてクラスへの貢献度は低いんだ。だけど、クラス別の団体戦はまじめにやって貢献してきたつもり。今年もそんな感じになりそう」

「へぇ」

「コウサクは運動が得意っていうの、羨ましいな」

「そんなことないよ。結果を残さないと、ビリじゃガッカリされてみんなに合わせる顔もなくなるからね。責任重大だよ。だから、リレーはいつもいい結果だったよ」

また過去形だった。やっぱり学生じゃないのかな。なんだかコウサクの返事を読んでいると話が過去形なのが気になってきて、自分にとってもコウサクにとっても、もうあれこれ互いに自分の話はしないほうがいいのかなという気がしてきた。私は、母に用事を頼まれたからまたねと、会話を切り上げてログアウトした。新聞のヒマリさんのことを話そうとしていたけれど、話題にあげる前に会話を終わらせてしまった。

コウサクは一体、何者なんだろう。

運動会まで二週間弱、入場行進の手がそろってないとか、足が上がってないとか、体育教師がここぞとばかりに力を入れた団体行動の練習が毎日ある。夏休みに家にこもって日焼けしてなかった肌が、今になってやっとジリジリ焼け始め、私の小麦色になってきた肌は夏を満喫した同級生にやっと追いついた。

夕方の校庭では、季節のバトンを渡すかのように、セミとトンボが同居していた。私は物悲しい気分になるからツクツクボウシとヒグラシの声が嫌いだ。小さい頃に見た映画の最後のシーンでヒグラシとツクツクボウシが鳴いていて、とても悲しい終わり方をしたから、ずっとそれが頭に残っていて、この時季に彼らの声を聞くと毎年暗い気持ちになった。行進練習の休憩時間、ツクツクボウシツクツクボウシと繰り返す声を聞きながら、コウサクとのこれまでの会話をぼーっと思い返していた。一体今まで私は誰と本音で会話してたんだろうと、運動場におりるためのコンクリートでできた硬い階段にため息をつきながら一人で座っていた。

八

運動会は、もう中学生なので両親は応援に来ることはなかった。喋るような友だちがほとんどいない私は、一人でいる姿を見られたくなかったのでありがたかった。家族が応援に来た生徒は、両親などが教室まで迎えにくると恥ずかしそうに教室から出て行き、体育館に用意された食事場所へ移動していった。

普段の給食の時は、授業の席順のまま前を向いて食べるので友だちがいないのは気にならなかったが、運動会の日は自由に食べていいのでちょっと困った。一人で食べるか、友だちがいない者同士くっつくか、すでに結束ができているグループに入れてもらうか。注文していた弁当やおにぎりが配られる中、手っ取り早く、一人で鮭おにぎりとツナマヨおにぎりを食べる準備をしていた兵頭さんに一緒に食べていいかお願いしてみた。少し変な間があったが、笑顔でいいよと返事をもらえた。食べるだけでこんなお願いをしないといけないなんて、自分は他人から見るとすごく可哀想な存在なんだなと自覚させられた。この敗北感のせいなのか、自分への恥ずかしさのせいなのか、個人走がせっかく二位だったのに少しも喜べずに運動会を終えた。

　何事もなかったかのように家に帰ると、掃除のパートが早く終わったからと、すでに母が家に帰っていて、今日は運動会を見に行けなかったからおいしいものでも作らなきゃと、夕食の準備をし始めていた。調理台の上に鶏モモ肉が見えたから、たぶん、母が得意な照り焼きだなと想像できた。

　部屋に戻り、すぐにドリームトリップにログインした。あちこち歩いてコウサクを探す。土産物屋の店主と話している様子だったので、会話が終わるまで近くで待った。

「こんにちは、コウサク。なんか、自分が情けなくなって、話を聞いてもらう人もいなくて、今帰ってすぐにログインしたよ。時間ある？」

「いくらでもあるよ。運動会の話？」

「そう」

「だろうね。孤独な運動会だったとか？」

「そう。なんで一緒にお昼のおにぎり食べるために同級生に頭下げて頼んでるんだろってね。情けなくなった」

「だったら、一緒に食べてくれた人と友だちになったらいいのに。食べてる間、何か話せた？　黙ってたら、息の詰まる面白くもない時間にしか感じないよ。せっかくレインの現実の友だちができるチャンスだったのに」

「少しは話せた。でも、なぜか私だけが敬語。なんかおかしくない？　私」

「自分がそうやって相手より立場低くしたり、孤独孤独って卑下したりしてるんじゃないのかな。向こうだって、はっきりと言わないだけで、実は一緒におにぎり食べられて安心してたかもしれないでしょ。声かけてくれてよかった、一人じゃなくてよかったって。レインは自分を悪く見すぎ。素直になったら？　その点だけ気をつければ学校だってもっと楽しくなると思うけどなぁ。やっぱりそれは無理な感じ？」

「アドバイスありがとう。今度はそうしてみるよ。なんか返す言葉もないよ」

「ん？　そう？　じゃ、もう終わった話は止めにして、明るい話にしよう」

「そうだね」

「そうそう、このゲームの話だけど、ここの港にずっといるってことは、ここにとどまることに決めたのかな？　自分の居場所っていうやつ」

「いや、アルバイトポイントが貯まったら、ウエストコーストの氷河のチェックポイントに行ってから、オーストラリアの時みたいにニュージーランドをうろうろして満喫してみようと思うよ。近々、出発するつもり。コウサクみたいに気軽に話せる人とまた知り合えたらいいな、なんて思ってる」

「先に進むんだね。いいこと、いいこと。適当なところでまた突然現れるかもしれないけど、その時は警戒せずによろしくね」

「こちらこそ、コウサクを見つけた時は声をかけさせてもらうね」


　私がチャットをしているあいだに、キッチンで鶏モモ肉に下味をつけ終えた母は、来週の衣替えを忘れないようにと制服の長袖ブラウスをクローゼットから出してくれていた。

「埃はついていないと思うけど庭の物干し竿のところで風にあててるから。アイロンは後で自分でかけてよ」

　ブラウスを取りに庭に出たら、物干し竿の下にある小さめの素焼きの丸い植木鉢に植わっているマユハケオモトが咲きそうになっていた。

「お母さん、あれ咲きそうよ」

「知ってる」

マユハケオモトの花言葉、純粋・清純な心。
お化粧なんてしたことがないから、マユハケがどんなものか知らないけれど、この花のように毛足のそろった律儀な道具なんだろう。ぽわっと白く咲く姿は、花言葉の通り、純粋な心や姿勢を感じさせてくれる。

九

ベランダに出ると、夜風がひと月前とは全く違う温度で私の身体をまとう。陽が落ちて暗くなると、コオロギが鳴き始めた。ツクツクボウシ、ヒグラシにつぐ苦手な虫だ。私の想像でしかないが、ひとりの夜を迎えた寂しさを誰かに伝えるように、冷たくなっていくコンクリートの地面に這いつくばって、一生懸命にその誰かを探して鳴く姿が頭に浮かんできてしょうがない。そんな物悲しい秋は四季の中でも特に苦手だ。

《私の家には小さな庭があります。母がガーデニング好きなので、年中、花があります。

これから咲く花の苗をホームセンターなどで買ってきて植えるだけではなく、多年草といって、何年も繰り返し花を咲かせられるよう、冬を越させ、毎年適した時季に開花できるよう丁寧に世話をしています。

私はそれほどガーデニングに詳しくないのですが、その時季ごとによって開花する花は興味を持って見るようにしています。葉の形も花びらも色もそれぞれ違っていて面白いです。花の名前や特徴を教えてもらったり、誕生花や花言葉を調べたりしながら鑑賞しています。

この時季からもうクリスマスのためにポインセチアの短日処理という世話を始めるそうです。クリスマス時分にいい色になるよう、日光が当たる時間を調整するのだそうです。我が家のポインセチアはピンク色のものですが、今は緑の葉しかありません。今後どうやってピンクの花芽をつけるのか面白そうなので手伝ってみようと思います。植物は奥深いです。

投稿者レイン》

学校やドリームトリップの話を止めて、がらっとガーデニングに投稿テーマを変えてみた。一ヶ月半ぶりの投稿は無事採用された。植物にだけ視点を当てて、寂しさを感じさせる秋の風も昆虫にもあえて触れなかった。私の独りよがりなお節介だけど、読んだ人に物悲しい気分が伝わらないようにと思った。
　これで図書カードのストックは四枚となった。

ピンクのポインセチアの花言葉、思いやり、純潔。
独りよがりのお節介と思いやりは別物かな。

　ドリームトリップは今、ニュージーランドの南島をほぼ周り終え、クライストチャーチに戻ってずっと同じ場所に滞在している。小遣いからの課金は完全に止めた。固定した旅友だちはいないけれど、顔馴染みのプレイヤーは四人できた。チャットをする回数は、コウサクがいた頃に比べるとかなり減った。二日に一回程度、あいさつを交わすくらいだ。コウサクのアバターが画面にいた日を時々思い出す。意外と楽しかった。また話せたらいいのにといつも思う。ニュージーランドめぐりは、活火山を訪れたいのでこれから北島も行く予定にしている。そこまでの移動のために、今は土産物屋でポイントを貯めている。ほかのプレイヤーに土産物を売ることで自分のポイントが貯まり、買ったプレイヤーは、旅の経験値が増えるシステムだ。

「お土産は何がおすすめですか？」

ユウキという人に、日本語で話しかけられた。

「チョコレートはどうですか？　値段の割に経験値も高めですし、現地に実際に旅行したことがあるプレイヤーさんがゲーム上でもお土産に買う人が多いと聞きましたよ」

「なんちゃって。ここでポイント貯めてるの？　まじめに稼いでるんだね。実は、レインを見送って一旦オーストラリアに戻ったふりして、まだニュージーランドにいました、ってこと。行ったり来たりの課金やポイントがもったいないからね」

「もしかして、コウサク？　姿も名前も変えて、もう誰が誰だか分からないよ」

「本名だよ、本名。ユウキコウサク。たぶん信じてもらえないだろうけど、まあそれはおいといて、ゲームでも学校でもいいけど居場所は見つかった？」

「おかげさまで、なんとかうまくやってる、心配ありがとう。驚きすぎてなんと言っていいか分からないよ」

コウサクの突然の再登場は、コオロギの声が耳に入ってこなくなるくらいの衝撃だった。私のあとをつけてるんじゃないのかと思うくらいコウサクの行動が少し怖く、不気味に感じた。それと同時に、お礼を言える機会ができたこと、再会してまた話ができることを心から嬉しく思った。

十

秋の期間がものすごく短く感じられ、十日前は昼間に暑くて冷房を入れたのに、今日の夕方は足元が寒くてモコモコした靴下と冬物のジャージーの長ズボンを引っ張り出した。明日の朝は冷えるようなので、学校の制服のブレザーをクローゼットから取り出してクリーニングのタグを取って準備した。

同じ時期に建てられた自宅と周辺の住宅の多くには、植えた当時の流行りだったのか、モチノキがよく植えられていて、その実があちこち赤くなって秋真っ盛りか、あるいは、冬が近いことを教えてくれている。今年の冬は急ぎ足でやってきそうだ。

「前から気になってたんだけど、コウサクって何者?」

　発言を送信しようとして、やっぱり止めた。間違って送信しないように文字を慎重に削除した。

「こんにちは、寒くなってきたね。コウサクが住んでいるところもそうかな？」

「うん、寒いね。でもアイスクリームが好きだから、震えながら毎日食べてる。夏はかき氷アイス、冬はアイスクリーム派だよ。なんだか話してるだけで寒くなってくるね」

「ねえねえ、モチノキって知ってる？　うちの庭にもあるんだけど、寒くなってきた頃に毎年赤い実をつけるの。母は、葉が散って枯れ木にならずに入れ替わりで次の葉が出てくるから、子孫繁栄とかで縁起のいい木だっていつも言ってるんだ。それで試しにこの前、花言葉を調べたの。木なのに本当に花言葉ってあってね、それが、『時の流れ』らしいの」

「で、突然それがどうしたの？」

「今の自分は常に、時にうまく流されてるって思ったの。友だち作りもかたくなに逃げてばかりだったけど、コウサクに言われたように話しかけてみたら、本当に友だちになれたし、人生なるようになるんだなって。コウサクにまた会えたらお礼を言おうかなと思ってドリームトリップをやり続けてたら本当に会えたし。ほんとあの時はアドバイスありがとう」

「それはよかった。運動会の時に話した人と友だちになれたんだね。お礼なんて言わなくていいよ、レインが変わろうと思ってがんばった結果だよ。自分の努力は自分で認めなきゃ。そのモチノキってやつ、縁起いいから大事にしないとね。自分も時の流れには流されるようにしてるよ。そうしたらこんな感じの性格になったんだ」

「いい性格だね。コウサクはドリームトリップ前に進んでるの？　寄り道ばっかりしてるんじゃない？」

「実はね、すでに一度世界一周をクリアしてるんだ。言ってなかった？」

「えっ？　そうなの？　うん、言ってない。なんかコウサクには驚かされるばかりだよ。私の知らないこの先のドリームトリップをもう知ってるってことだよね。ヒントとか言わないでね。物語に流されながら地道にやるから」

「うん。余計なことはしないよ。今は二周目だから自分は好きなことばっかりしてる。世界一周クリアしたらものすごいポイントもらえたしね」

「それ知りたくなかった」

「それくらい、いいでしょ。クリアするの楽しみになってきたと思わない？　じゃ、また気が向いた時にでもチャットしよう」

「今夜も土産物屋頑張るよ。長々話してごめんね、またね」

明るく去っていくコウサクは、またアバターの洋服を変えていた。だんだんと私もその習慣に慣れてきた。

十一

三週間後の文化の日には、学校で文化祭がある。クラスごとに出し物の発表の練習をしたり、テーマを決めて掲示物を作ったりとみな忙しく放課後を過ごしている。帰宅時間が遅くなり、疲れていたので夜更かしもできず、ドリームトリップはなかなか進められずにいた。

私のクラスは、出し物をせずに、リサイクルについて調べて教室に展示をすることになった。普段、そんなキーワードなんか口にしない私のクラスでは、調べる気のある人など皆無に等しかった。私が兵頭さんと市立のリサイクルセンターに調べに行く担当になったのも、誰もやろうとする人がいないから、周囲からの視線を感じてしょうがなく立候補した次第だ。市が回収したゴミや古紙がどんなふうに処理されるのか工程を職員に教えてもらい、十三枚の大きな模造紙と三十四枚の写真にまとめた。

「兵頭さんがしっかり聞いてくれたから助かった。私なんてモジモジしてほとんど質問できなかったり、メモも書き逃したりしてしまったよ。どうしても初対面って苦手なんだよね」

「職員さんは大人だけど、質問される側は、たとえ相手が中学生でも何を聞かれるんだろうとかって緊張してるんじゃないかな？　と思うようにしたら私は緊張はしなかったよ」

「そっか、兵頭さんって物事の捉え方というか、考え方がじょうずだね」

「普通だよ。でも、きっちりまとめたりするのは私は下手くそだから、一緒にやってもらってよかった。お互い得意分野を出せたかな」

文化祭当日はお化け屋敷や駄菓子屋をやっているクラスは順番待ちの列ができるほど盛況だったが、やはり展示物は地味だから人気がなく、見てくれる人はまばらだった。ふらっと他のクラスの生徒が教室に入ってきても、リサイクルの文字を見た瞬間、掲示を素通りして何事も見なかったように出口のドアから静かに出ていくパターンがほとんどだった。

でも、保護者には評判がよかったとあとで聞いた。

ステージの出し物はずっと朝から行われていたが、掲示物の案内係だったので、最後の保護者会からの出し物だけしか見ることができなかった。夏にレールからドアを取り去ったあの数学教師が、誰かのお母さんと昭和歌謡をデュエットして、生徒の笑いをとって満足げだった。


「久しぶり、レイン」

「ほんと久しぶりにログインしたよ。文化祭の準備が忙しくて疲れてログインさえしてなかった。ポイントも稼いでないし、クライストチャーチの街をちょっと歩いてみたけど顔見知りになった人とかはすでに次のチェックポイントに行ってしまったのか、全然いなくなってた。でも、新しく見かける人が増えたから、また知り合い作りもしなきゃね」

「だんだんと積極的になったね」

「少しはね。そうそう、文化祭の話聞いてくれる?」

そう言って、準備から当日までの話をコウサクに聞いてもらった。もちろん数学教師が歌ったことも。

「変わった先生だね。たぶん、人気者になりたいのにスべって失敗してるパターンだよね。で、なんでレインのところはリサイクルなの？」

「それがね、担任が、例えばリサイクルとかなんてどうかって例を挙げたらそのまま本当にリサイクルになってしまったの。やる気ないでしょ、うちのクラス」

コウサクは自分の学校生活については語らない。そのかわり、私の話は楽しんで聞いてくれる。私って、喋ってばっかりだねと言うと、聞くのがとっても楽しいからと、気遣った返事をしてくれた。


立冬の夜、部屋のカーテンを開けると、小学生の頃にいちばん初めに覚えたオリオン座が空の南に見えた。理科の授業で星座盤を使っていろいろな星を覚える中で、初めて空にこの星座があるのを自分の目で確認した高揚感は今でも覚えている。星は毎年同じ場所に戻ってきて、チラチラとまたたき続けているように感じるけれど、回っているのは実は私の地球の方なんだと知った時の驚きが大きかったことを思い出した。

花に花言葉があるように、星座には神話があることをコウサクに教えてもらった。悲しい神話のオリオン座が、今日は力強く空を走っているように見えた。

十二

オリオン座が見える位置が少し移動した。木枯らし一号が吹いてから、夜風は秋の風から冬の風にがらっと変わった。モチノキの赤い実は熟し、ミセバヤは紅葉した。去年、地元の神社の春祭りで買った鉢植えのレモンの木に実った四つのレモンの果実は緑色から黄色に変わり始めた。庭のいろどりが、真冬に近づいていることを教えてくれる。夕方聴いたラジオのニュースでは、今年は厳冬になりそうだと言っていた。

「進路のことなんだけど、希望の学校とか書く欄があるんだ。中卒で就職するっていう子がクラスに一人いるの。私はまだなりたいものもないし、働く気もない。今の成績で行ける高校に行ければじゅうぶんなんだけど、お母さんはどう思う？」

「突き放すわけじゃないけど、そういうのはお母さんに聞かずに自分が決めなさい。なりたいものはなくても、この分野が得意だとか、これなら誰にも負けないと言えることってないの？」

「別にこれといって、ない」

「目的もなく学校へ行って、後で後悔しても遅いんだよ。将来の夢を見つけるために進学するっていう人がいるかもしれないけど、お母さんはあまり好きじゃないなぁ。中学で習ってることとか、友だちとの会話の中で、興味を持ってることを伸ばしたいとか、何かの教科でもっと知りたいと思うことはないの？」

「ゲームしかない」

怒られると思った。だけど、怒られなかった。

「あるじゃない、好きなこと。ゲームでもいいじゃない。お姉ちゃんに聞いたよ、夜な夜なしてるって。ゲームすることが好きなら、作ってみたいとか思わないの？　どうやって画面の中で人が動いてるか知りたいとか、ゲームのストーリーを作る人のこととか、ゲームが好きなのにそれに携わる人のことは考えたことなかったの？」

「あ、そっか。毎日ゲームしてるのにそこには気がつかなかった。お母さん、目の付け所すごいね」

「そんなこといちいち褒めなくていいから。親が、我が子が興味持ってることに協力したいと思ったり、得意なことを伸ばしてあげたいと思うのは普通のことよ。まあ、提出期限までによく考えてみなさい。やりたいことを見つけたら話聞いてあげるから、自分の人生の舵を自分の力で取れるようになりなさい」

《先日、母の四十五歳の誕生日パーティーをしました。企画をしたのは私と姉です。母がパートから帰るまでに折り紙で作った飾りを家じゅうにたくさん飾りました。なんだか保育園のお遊戯会のようになってしまいましたが、日頃の感謝を伝えたかったのでできる範囲で賑やかにしてみました。

母は、週に四回、隣町のショッピングモールで清掃のパートをしています。以前、掃除のおばちゃんだからと、仕事中にお客さんに冷たい言葉をかけられたことがあると聞いたことがあります。そんな言葉に負けないで、「掃除だって馬鹿にしたら駄目よ、誰かがやることで経営者の商売は成り立っているんだから」と胸を張る母を私は誇りに思いました。仕事、家事、趣味などに一生懸命な母をこれからも応援したいと思います。たまには家のことを手伝おうと思います。

投稿者レイン》

二週間待ったけれど、投稿は新聞に載らなかった。でも、感謝の気持ちをあらためて文字にすることができたので満足している。

レモンの実の花言葉、情熱。

何事にも母のように懸命に情熱的に向かっていこうと思った。

今朝、庭のレモンの実を一つ収穫した。母が包丁で二つに切るとレモンらしい香りがキッチンに広がった。季節はずれだけれど、冷たいサイダーに絞り入れて家族みんなで飲んだ。湿度の低いカラッとした朝に、爽やかな酸味が口の中で広がった。

十三

短日処理に成功しポインセチアの花芽が見事にピンクに色づいた。我が家の斜め向かいの家は、夫婦二人暮らしだけれど、毎年クリスマスイルミネーションに力が入っていて、とても賑やかなそれは私の部屋の窓ガラスにうつって、点滅している。世間はクリスマスムードでいっぱいだ。

私もゲームのアバターには、サンタクロースの衣装を着せている。クライストチャーチにいる顔見知りのプレイヤーとは「メリークリスマス」とあいさつ代わりに言っては会話を弾ませている。なんだか、コウサクの習慣がうつってしまったようだ。

キッチンでは、「今日は楽しいクリスマス」と歌いながら料理をしている母が、塩ガーリック風味に味付けした骨付きチキンをオーブンレンジから取り出し、皮目がジュージューと焼きあがる様子を見て上機嫌だ。ケーキは、近所の洋菓子店に予約してあるのを父が仕事帰りに取りに行ってくれる。相変わらず、姉は準備の時間になるといなくなる。おそらく部屋にこもって好きなアーティストの歌でも聞いているんだろう。私はテーブルの上に、金色や銀色にきらきら飾り付けられている帽子を配り、サンタやモミの木が描かれたクリスマス仕様のお皿を並べて、こんな寒い日に温かな家庭があることを幸せに思いながら準備を進めている。今夜はクリスマスパーティーだ。

「ポインセチア、ほんとに綺麗に色がついたよね。お母さん、物知りだね」

「スーパーとかホームセンターで当日や前日にさっと買う人がいるけど、自分たちで育てると育て甲斐があるし、クリスマスが楽しみになったでしょ」

母は行事の楽しみ方をよく知っている。料理にも花にもよく気を遣っている。

「毎日、世話は面倒だなと思ったけど、やってよかったよ」

「そうでしょ、次は料理でも覚えてみる？　学校の家庭科よりも面白いものを作ってみようよ。お母さんがまだ作ったことのないやつを、一緒にね」

「それいいかもしれない。お正月用のやつ」

「正月の朝から何か作ってみよっか、それまでにこの本から作りたいのを選んでおいて」

手渡されたのは、パーティー料理の分厚いレシピブックだった。お正月のおせちや全国の変わり種雑煮は当然載っており、それ以外にお正月ケーキやアレンジオードブルなど、現代的なメニューが並んでいる。

「これ結構悩むね。スウィーツ系か、ゴージャスおかず系かってことだよね」


《今年のお正月は、元日の朝から、母と二人でお正月向けのロールケーキを作りました。

クリーム部分は、生クリームに隠し味の練乳を少し混ぜたものに、おせちで使う栗きんとんを砕いたものを加えました。生地には縁起のよいダイダイを入れました。砂糖を控えめにして少し大人っぽいすっきりした味に仕上がりました。年中行事やイベントに家族で手作りしたお菓子もなかなかいいものです。

みんなでロールケーキを味わった後は、初詣に行きました。神社でのお願い事は、いつも自分の成績アップやよい友人関係を希望していましたが、今年は自分や自分の周りの人が毎日を楽しく過ごせるようにお願いをしました。誰かが健康を失うと楽しめることも半減してしまうので、みんなが元気でいて欲しいと願いを込めました。今年一年、いい年にしたいです。

投稿者レイン》

また投稿は新聞には載らなかった。

いつものソファでホットミルクを飲む私に「あれ見てみて」と庭を指して母が言う。

「オキザリスの中でも、桃の輝きっていう品種と、バーシーカラーっていう品種なんだけど、色が気に入ってるの。特にバーシーカラーは花が閉じてる時と開いた時の彩りが違うからね。これからはあの花の時季だからよく見てやってよ」

庭にハンギングで育てているオキザリスに蕾が続々と付き始め、庭は彩りが豊かになってきている。無数に蕾んで並んでちょんちょんと風に揺られている姿がなんとも可愛らしい。

オキザリスの花言葉、輝く心、母の優しさ、決してあなたを捨てません。

まるで私の母のような花言葉だ。私だってオキザリスのように可愛らしく、凛々しく輝いていたい。もちろん、個性も捨てないでいたい。

十四

冬休みが終わって二週間目、この冬一番の寒気が日本列島の南まで下がってきていると
ラジオのニュースが言っている。私の住んでいる温暖な平野部でも珍しく雪が積もるかもしれないらしい。
今夜は冬の嵐がゴワーゴワーと音をたてて窓を震わせ、冷たい風がサッシを通り抜けて足もとを冷やす。電気毛布を入れた布団にもぐってドリームトリップをプレイする私は、毛布のぬくもりに溺れている。
「こんばんはレイン、寒波襲来で自分のところ寒すぎです！　でもアイスは食べたよ」

「久しぶり、コウサク、こっちも極寒だよ。課金もきっぱりと止めたからポイントの懐具合も寒いし。それより、進路の紙を出したのはいいけど、空欄が多くて返却されてしまって気分がブルーになってたところ」

「やりたいことないの？」

「うん、あることはあるの。だから今は調べてる途中だったんだ」

母に言われてから、コンピューター関連の仕事に興味をもって、いろいろと私なりに調べていた。でも、コウサクには言わなかった。ゲーム好きイコールコンピューターという、なんだかよくあるパターンだと思われるのが少し恥ずかしかったから。

「なりたい職業に就くにはどんな資格が必要か、その資格はどこで勉強したらいいかとか、大学や専門学校のどの学科に進学すればいいかというのは分かったの。じゃあ、そのために高校をどこにしようかと考えてたら、迷って疲れた。だから高校の希望進学先を決められなくてまだ考え中ですって書いて出したの」

「そこまで考えられてるならあとひと息だね。それにしても進路希望を書けずに出す人って本当にいるんだ、面白いね」

「面白くないよ、高校決められないんだから」

「ごめん、ごめん。家の人には相談してる？」

「相談した結果、やっとここまでこれた感じだよ。最初はなりたい職業も自分で考えられなかったんだから。母には感謝してる」

私の部屋の白熱球は、寝静まった住宅地の沈黙をよそにこうこうと照っている。瞼が勝手に閉じてそのまま朝まで寝てしまいそうになるのをこらえるために、五、六回連続で瞬きをした。掛け時計の白い文字盤の上にある黒い針が午前の三時二十分くらいを指しているのが見えた。

「三学期の授業始まってるし、そろそろ寝ないとね」

「今日は遅くまで喋りすぎたね。こっちも寝るよ」

そう言ってからログアウトした。

まだやってない宿題を思い出し、ベッドから急いで起き上がり、机の前に座ってノートを開いた。それと同時に、コウサクが本当に高校二年生なら、どこの学校なんだろうかと気になり言葉の端々を思い返してみた。でも、私が進学する頃にはコウサクはすでに高校を卒業していて、大学生になっているか就職しているかのどちらかだから、同じ学校になるわけではないし考えても意味がないなと我に返り、英語の和訳の宿題をやり始めた。

それから何日も厳しい寒さが続き、私は相変わらず電気毛布にくるまり、そのぬくもりに溺れる日々を過ごしている。お昼にみぞれが降る日があって少し嬉しくなったり、今朝などは家の前の十五センチくらいの小さな水たまりに氷が張ったりしていてそれをパリっと割って寒さを楽しんだりした。

「進路の紙は書いたの？」

と母が聞いてくる。

「書けたよ。コンピューター関係で働きたいから、迷ったんだけど、とりあえず高校は普通科に行く。そのあとは、専門学校に進学することにするよ」

「受ける学校は決めた？」

「一応ね。私の学力じゃ行ける学校は限られてくるけど、基礎学力つけてから専門学校に行かなきゃね。だから高校は、もっと勉強してお姉ちゃんと同じところを目指すよ」

「お姉ちゃんと同じ学校か、それはちょっと大変そうだけど頑張って合格しないとね」

「お姉ちゃん、どんなふうに勉強してたのか知ってる？」

「それはあなたが本人に聞いてみるといいよ。先輩なんだから」

「なんか照れるね」

「まずは、夜中までゲームするのを止めなさい。それだけはお母さんからアドバイスしてあげる」

「はいはい、分かりました」

十五

期間は短いけれど、待ちに待った春休みがきた。毎朝リビングに出て行き、南側のカーテンと窓を開けてソファに座る。宿題もなく、特にやるべきこともなく、カチカチと進む掛け時計の秒針の音を聞きながら、のんびりとした時間が過ぎるのを全身で味わう毎日だ。窓から斜めに入ってくる朝陽に当たるとじんわりと気持ちよい感じがする。しばらく春を身体で感じたあと、新聞を広げながらいつものカップでホットミルクを飲んだ。

珍しく午前中にドリームトリップにログインしてみると、すでにコウサクはいつもの喫茶店にいた。

「おはよう、早いね。休みの日はこんなに早くからプレイしてたんだね」

「いや、レインを待ってたんだ。ちょっとごめん、時間あるかな。今日は話さないといけないことがあるんだ」

「何かな、突然。あらたまって言われるとなんか怖いな」

「あのね、本名がユウキコウサクって言ってたけど、嘘なんだ」

「なんだそんなこと。だいたいの人が偽名だからなんとも思わないよ。そんなに深刻にならないで」

「いや、それ以外にもいろいろ嘘ついてた。名前のことは、ユウキが兄の名前で、コウサクは弟の名前。自分は、男を演じてたけど、本当は女なの」

「うんうん、別に大丈夫だよ、それも少しは気になってたけど、ネットの世界ではよくあることだし、男でも女でもどちらでも気にしないよ」

「それとね、レインが誰だか私知ってるの」

「えっ？　なんで？」

「新聞騒ぎの話をしてた時に、投稿欄ってどんなものだろうって見てみたの。うち、伊予新聞を取ってて。そしたら、レインっていうペンネームで投稿されてるのを見つけて、ドリームトリップのレインと新聞のレインは同一人物で、私と同じ県に住んでるなと気づいたんだ」

「そんなに早くに分かってたのに、ずっと黙ってたの？　なんか納得いかないというか、なんと言っていいか分からなくなってきた」

「運動会の話とか文化祭の話も、知らないふりして聞いてたけど、聞けば聞くほど同じ学校だと分かったし、レインが同じクラスってことも、分かってしまったの。だから、私の話を聞かれると怖くなって、わざと逃げるように話を避けたの」

「コウサクは、一体誰？」

「兵頭です」

「兵頭さん？　本当にそうなの？　でも、運動が得意だったとか言ってたじゃない、あれは作り話？　どこまでが本当でどこからが嘘なのか分からないよ」

「そうだよね。運動が得意だったのは本当なんだ。もう一年前のことなんだけどね。私、足が悪いから今は運動ができないでしょ。でも小学校卒業までは陸上をしてて、リレーに出たりして得意だったんだ。中学に入学する前に交通事故にあって。私が歩行者で、相手が原付だったんだけど、それで足首を傷めて、今でも治りきらなくて走ると激痛がするから体育の授業をまともにうけられなくなったの」

「そうだったんだ。それで授業は見学が多かったんだ。実はね、運動会のことを話した時に、コウサクの文章が過去形だったのがずっと気になってたんだ。だから今納得した。いつから私とレインが一致したの？」

「運動会のお昼ご飯のおにぎりを食べる人がいなかったとか、文化祭の掲示物の話をした時だよ。あぁ、レインは梅野さんだと気づいたよ」

「なんでもうちょっと早く言ってくれないの？　それならドリームトリップも話のネタにして、もっと仲よくなれたのに。私だけ喋ってばっかりだったじゃない。それも兵頭さんと話すようにってアドバイスしたのは、兵頭さん本人だったっていうことだよね」

「悪気はなかったのは分かってほしい。私も梅野さんと友だちになりたかったの。でも勇気がなくて、梅野さんに言わせるように仕向ける形になってしまった。本当にごめんなさい。悪かったと思ってる」

「もういいよ、謝らなくて。黙っていれば分からなかったのに、正直に言ってくれてありがとう。ほんと驚いたけど、今までコウサクとして進路のこととかいろいろ話を聞いてくれたりアドバイスしてくれたことは感謝してる。ありがとう。困った時に頼りきってたところあるからね。私、馬鹿だからペラペラ喋るばっかりで。でもその時に兵頭さんが話を聞いてくれたおかげで前向きになれたから感謝してる」

「怒ってない？」

「怒るとかより、驚いてる。なんて言ったらいいのかなぁ、コウサクはなかなかいいキャラだったよ。自由奔放な性格のコウサクは止めないでよね。コウサクが何かと私の前に現れる理由も分かって安心した。ゲームの中の兵頭さん、面白い性格だよ」

「ううん、現実の性格と違うでしょ。ネット上だと現実の自分を捨てて別人になれるでしょ。本当はああいう性格になりたかったの。でも実際学校では地味で一人ぼっちで。なんか恥ずかしいね」

「現実じゃない自分を出せるのがネットのいいところだよ。恥ずかしくないって。私なんか、現実そのままだったから、バレちゃってるしね。そのほうが恥ずかしいよ。ところで、課金とかどうしてたの？」

「私の家は、両親が共働きだから、いつも晩ご飯に千円札を置いて仕事に出るの。だから、それを課金に回してた。ご飯は節約してコンビニおにぎりにして、二日に一度、千五百円のプリペイドカード買ってた」

「やっぱりそれだけ課金したらドリームトリップ面白いでしょ」

「自己満足だけどね。経験値一位になった時はすごく嬉しかったよ。でも、それから先は目標もなくなってフラフラと世界二周目してたんだ。そこに現れたのがレイン。毎日一生懸命で、一周目の時の私みたいと思って声をかけたの。それが梅野さんとは思ってもみなかった」

本当はずっと動揺していた。兵頭さんとの友だち関係を壊したくなかったから、何事もなかったように振る舞っていた。兵頭さんもそうかもしれない。どうせなら、兵頭さんがコウサクであることは黙っていてほしかった。

「これからもここでは兵頭さんとしてじゃなく、コウサクとしてまた話してね」

「うん、よろしくね」

そう話して一旦その場を離れた。コウサクと反対方向にアバターを歩かせた。でも、気分が落ち着かなくてどこへ歩かせていいかも分からなくなったから、ログアウトしてゲームを一旦終了させた。どっと疲れが出た。太ももやお腹に力が入っていることに気がついた。手に汗をかいて冷たくなっていた。感じていた春の心地よさは消えていた。

コウサクと今後チャットするかどうかは分からない。私もコウサクがしたように、別の名を名乗り、違う姿になってゲームを再び始めるかもしれない。クライストチャーチにとどまるのは今日で終わりにすると思う。もしかしたらドリームトリップ自体をアンインストールするかもしれない。新聞の投稿もペンネームは変えよう。それは兵頭さんのせいじゃない。私のためにだ。現実の世界と仮想の世界、現実の自分と仮想の自分。やっぱりそれはつながらないほうがいい。なんとなくそう思った。

それよりも、新年度、兵頭さんと顔を合わせたらどんなふうに振る舞ったらいいのだろうか。また同じクラスになったらどんな言葉で話したらいいのだろうか。現実の自分は、次から次へと悩みが出てくる。

玄関の内側に入れてある金のなる木は、小さな花を咲かせ始め、春を感じさせてくれる。玄関を出る前にその小さな花を人差し指で突いて観察していると、寝ているはずの姉に見つかってしまった。

「珍しいね、あんたが学校以外で外に出るなんて」

「うん、ちょっと用事」

私は、誰にも見つからないように出かけようとしていた。何事もないふりをしたが、本当は机の引き出しの中で貯まっていた図書カードを整理したくて、近所のスーパーのテナントにある金券ショップに行く予定だった。

こっそりと家を出た。金券ショップの人は、「あなたいくつ？　中学生なら、両親どちらかの同意をもらうか同伴をしてくれないかな」と迷惑そうな顔をして言った。私の計画はあっけなく終わった。持ってきたのは高額でもないけれど、予定外の門前払いには、なにくそと少し腹が立った。

スーパーの入り口のところでは発展途上国の人たちへの募金活動が毎週土曜日に行われている。

「図書カードって募金できますか？」

募金活動をしている人に聞いてみた。

「書き損じはがきとかは随時受け付けてますので持ってきていただければ受け取ります」

代表者と思われる人が話している最中に、私は持っていた千円分の図書カード四枚全部を募金箱へ黙ってポンと入れて、逃げるようにおもいきり走って家に向かった。誰かが追いかけて来ていないか後ろを確認した。誰もいないのを見てホッとしたら、急に清々しい気分になった。

金のなる木の花言葉、一攫千金、富、幸運を招く、不老長寿。

小さな花が群れて咲く姿は人間のようだ。一つひとつは小さいけれど自分の役割を果たすようにちゃんと咲いている。人も群れながら一人ひとりこの世の中で懸命に毎日を送る姿を重ねた。図書カードは私にとっては一攫千金だった。でも課金に使うものじゃない。その分、発展途上国の人たちに幸運を招いてほしいと思った。

《春です。新学期が始まります。クラス替えがあるので今から友だち関係のことを心配もしていますし、ワクワクもしています。人と接するのは難しいですが、いろんな人と友だちになって、いろんな話をして、いろんな行事や係を体験して、もちろん勉強もして、毎日を充実させたいと思います。

私は、悩んで気持ちをリセットさせたい時や、不安などで落ち着かない時はベランダに出て深呼吸をしています。花や木、風、空、太陽など周りにあるもの全部が季節や自然の大きさを感じさせてくれ、自分の悩みの小ささや、自分が感じている世間の狭さに気づかされます。

私は今、ここには書けないけれど、悩みがあります。広い視野を持って、自分の力で解決したいと思います。

投稿者サンシャイン》

ベランダに出た。向かいの公園を見ると、今年は去年よりもやや早めにソメイヨシノの時季がやってきているようだ。また今年も、この同じ歩道を散歩しながら、同じ洋楽をイヤホンで聴くつもりだ。

「あなたのためにだったら、何にでもなれる」

たぶん、そういう歌詞だった。私の英語は一年経っても上達していない。

（了）

やまなし文学賞の概要

本文学賞は、山梨県と深いゆかりを持つ樋口一葉の生誕百二十年を記念して、平成四年四月に制定されたもので、山梨県の文学振興をはかり、日本の文化発展の一助となることを目的として、小説部門と研究・評論部門の二部門を設けている。主催は、やまなし文学賞実行委員会。山梨県・山梨県教育委員会・山梨日日新聞社・山梨放送が後援。山梨県立文学館に事務局が置かれている。

第二十七回のやまなし文学賞実行委員会は、三枝昻之山梨県立文学館館長を実行委員長とし、委員を金田一秀穂氏（山梨県立図書館長）、野口英一氏（山梨日日新聞社社長・山梨放送社長）、西川新氏（山梨日日新聞社常務取締役）、市川満氏（山梨県教育委員会教育長）、平賀太裕氏（山梨県総合政策部長）が、監事を三井雅博氏（山梨日日新聞社編集局長）、百瀬友輝氏（山梨県教育委員会学術文化財課課長）がつとめている。

第二十七回の小説部門では全国四十一都道府県から、三一三編（うち男性二二三編、女性八七編、県内在住者は二三編）の応募があった。

選考委員の坂上弘、佐伯一麦、長野まゆみの三氏による選考の結果、やまなし文学賞に足立絵莉氏（愛媛県）「ログアウト」が、佳作に福島敏真氏（北海道）「息子」と大和マヤ氏（埼玉県）「バースデイケーキ」が選ばれた。「ログアウト」は三月十日から四月九日まで二九回にわたって山梨日日新聞、また同紙電子版に掲載された。

やまなし文学賞実行委員会事務局
〒四〇〇―〇〇六五
甲府市貢川一丁目五―三五
山梨県立文学館内
電話（〇五五）二三五―八〇八〇

選評

坂上　弘

受賞作「ログアウト」の主人公のように、オンラインワールドに熱中する中学一年生は珍しくないが、その幼い自分を見つめる真剣さをえがこうとする作品は、多くはないだろう。父、母、姉のその下という四人家族のなかでのびのびできる彼女は、ドリームトリップというゲームで、友達と外国旅行したり、もう一つの興味ぶかい接続世界といえる地元新聞の投書欄にも投稿をはじめている。こうした感受性ゆたかな主人公の成長を描く試みは、いわば、ストーリイ・オブ・イニシエイションと呼べるだろう。この主人公を未知の衝撃からまもっているのは、落着いた家庭であり、作者は、季節の花々を育てる庭回りや季節のキャンプといった落着いた日常をつくって、主人公の成長を見守る爽やかな絵のように添えている。

佳作の「息子」は、定年ホヤホヤの男達の夜警の仕事光景からはじまる。一日おきの十四時間勤務で、淡々とした、しかしバクゼンともの足らない生活。銭湯につかり、パチンコで軽く遊び、図書館から借りた本を読む。息のつまるような、〝新定年人〟の典型的光景である。日常とはいってみればこうしたコンクリートのような時間である。それを破るためかのように、彼は、東京で一心に働いているはずの一人息子に会いに行くことにする。息子はどうやって生きていてくれ、また父を受け入れてくれるのだろうか。

同じく佳作「バースデイケーキ」の主人公は、前述の「息子」の主人公の年齢を二回りも越えた世代になっているが、子育ても親の介護という責務もおえて、自らを飄々とふりかえっている。そして人と人とのつながりあう物語に構築しようとしている。

感想

佐伯一麦

受賞作「ログアウト」は、ドリームトリップというオンラインゲームに熱中している女子中学生を主人公とした話で、ゲームに疎いこちらにもプレイの詳細が把握できるように巧みに描かれていて興味を抱かされ、現実世界と仮想世界との出し入れがテンポよく運ばれていくので一気に読まされた。主人公はまた、コミュニケーションを取ることが苦手な悩みを地方新聞に投稿し、それに対してネット上での批判にさらされたりもする。モチノキの「時の流れ」という花言葉を知り、よい意味で〈今の自分は常に、時にうまく流されてる〉と感じる主人公の述懐は、〈時に流されまい〉と意志してきた旧世代からすれば新鮮に映り、学校でも家庭でも葛藤を避けようとする現代の若い世代の生の気分、友人や家族との関わり合い方がリアルに捉えられているように感じられた。広く読まれて、様々な読者の感想を惹き起こして欲しい、という願いも込めて受賞作とすることに賛成した。

佳作の「息子」は、生活を切り詰めて生きている現代の人々の切実な生活感情が、それに見合った淡々とした会話を活かした文章で描かれていて、余韻の残る作品だった。妻を早く亡くし、ときに母親代わりとなりながら男手一つで息子を育てたのであろう六十代の男性の心情に胸が熱くなった。もう一つの佳作「バースデイケーキ」は、訳あって田舎暮らしをしている老夫婦と、そこを訪ねてくる孫娘とのやりとりがユーモラスに活き活きと描かれ、古来、落人が隠れ住んだ僻地の歴史と、そこへ逃れてきた主人公の経緯とが物語に陰翳を与えていた。

選考を終えて

長野　まゆみ

　中学生の主人公を語り手とする「ログアウト」が受賞作に選ばれた。若い世代が直面する繊細かつシビアな人間関係をテーマとする。彼らは常に相手を気遣い、傷つけず、波風を立てない高度なふるまいかたを求められている。その気力、努力をほかのことに向けたいと思う主人公は「友だち作り」にあえて参加しない。幸い、家族関係は良好である。やがて、主人公は世界を旅しながらポイントを稼ぐオンラインゲームに熱中する。そこは生身のつきあいがないぶん、悩みごとを相談できる場でもあった。現実の世界と架空の世界を対比させつつ描く困難に、果敢に挑んだ意欲が評価された。

　佳作の「息子」の主人公は妻に先立たれ、男手で息子を育てあげた。定年後、夜警として働く彼は、都会で暮らす息子を訪ねてゆく。父子水入らずの時を過ごしたのち、息子には内緒で別の宿にもう一泊し、ひそかに息子の出勤姿を見届ける。そこに疑いや謎は存在しない。ただ、息子が都会を離れないだろうと思う父親をしみじみと描いた。同じく佳作の「バースデイケーキ」はワケあって限界集落で老いることになった夫婦の日常。哀しみも喜びも、もはや記憶でしかない二人の前途は厳しいが、ユーモアを交えた筆致に救いがあった。

受賞の言葉

足立絵莉
愛媛県。主婦。

この度は、やまなし文学賞という名誉ある賞をいただきまして、誠に感謝申し上げます。やまなし文学賞実行委員会および選考委員の先生方に心よりお礼申し上げます。歴代の素晴らしい受賞者の末席に名を連ねさせていただくことを嬉しく思っております。

私は、文学の郷、愛媛県で生まれ育ちました。愛媛にゆかりのある文豪夏目漱石をはじめ、正岡子規という偉大な俳人を生み出した地元にとても愛着を持っております。しかし、理系出身だった私が本格的に文学に親しみ始めたのは少し遅く、二十歳を過ぎてからのことでした。言葉で表現する面白さを知ってから、多くの本と親しみ、山梨県にゆかりのある樋口一葉の作品と出会い、生い立ちや作品の背景などを辿っていくなかで、努力家で向上心が高くとても本が好きな一葉に想いを馳せることも多々ありました。そこで「私も何か自分の言葉で書いてみたい」と思い立ち、初めて小説の形に仕上げたのが、今回の作品です。

今後、文学としての小説を書いていくにあたり、本日いただいた栄誉を励みとし、文学の探究、執筆への努力など自己研鑽を積んでいく所存でございます。この度は誠にありがとうございました。

ログアウト

二〇一九年六月三十日　第一刷発行

著　者　足立絵莉

発行者　やまなし文学賞実行委員会

発行所　山梨日日新聞社

〒四〇〇－八五一五
山梨県甲府市北口二丁目六ノ一〇
電話（〇五五）二三一－三一〇五

ISBN 978-4-89710-639-7

定価はカバーに表示してあります。